문학과지성 시인선 232

나는 식물성이다

김규린 시집

문학과지성 시인선 232
나는 식물성이다

펴낸날 / 1999년 10월 11일

지은이 / 김규린
펴낸이 / 김병익
펴낸곳 / ㈜문학과지성사
등록번호 / 제10-918호(1993. 12. 16)

서울 마포구 서교동 363-12호 무원빌딩(121-210)
편집 : 338)7224~5 · 7266~7   FAX 323)4180
영업 : 338)7222~3 · 7245   FAX 338)7221

ⓒ 김규린, 1999. Printed in Seoul, Korea
ISBN 89-320-1113-3

값 5,000원

문학과지성 시인선 232

나는 식물성이다

김규린

1999

초등학교 3학년 때
代作으로 문예상을 떠넘기며
맨 처음 나를 절망하게 한 어머니
첫 시집을 당신의 빛나던 아름다움과
의연한 현실에게

시인의 말

불꽃 같은 한 생애가
둥지를 품고 있다
똑딱단추를 열면
올망졸망한 추억들이
보송보송 날개를 턴다
그 어린것들 남겨놓은 채
다시 나는 떠난다

막막하게
길이
점화된다

1999년 10월
김 규 린

나는 식물성이다

차 례

▨ 시인의 말

제1부

門의 방향

門의 방향이 아름다워진다면
많은 꽃들이 문틈에 끼여 죽지 않으리
나는
별안간 뻗쳐오르는 햇살과 삶은 달걀 광주리에 넣고서
당신과 소풍 떠나리
열린 門 또박또박 걸어서
언덕에 이르면
자그만 초가를 지으리
훌쩍훌쩍 웃자란 뜨락의 풀꽃들 곁에는 절대
절대 門을
달지 않으리

혹독한 戀書

새벽마다
장례 행렬이 스쳐지나갔다
한적한 촌락의 호수처럼
웅크려
안에서 흐르는 木鍾의 이상한 難破를
들었다
나는
슬금슬금 뻗쳐오르는
가슴께의 땅거미를 찢으며
수상한 메아리 끝에
위태롭게 매달렸다
멎은 기도처럼
꽃들이 무더기로 피고
난파하는 뿌리들은 들판에
무수히 무덤을 쌓았다

새벽마다 나는
내 뿌리를 처형하였다
뚝뚝 흘리는 상심의 나침반을 저 멀리 돌아나오며
기나긴 환각의 巡禮가

벌어진 환부를
슬프게 감아주었다

성대한 이정역

처량한 꽃들은
저문 하늘에
혼자
필 줄 안다
나이 서른에 죽은 바람과 쉬
친해지고
묻어뒀던 곤궁 속에서
푸드덕거리는 은어를 낚기도 한다

서른이 되니
죽은 절벽에 오르고 싶다
반짝반짝 윤나게 닦은 처용 가면을
뿌리째 뽑아들고
은침봉 위에서 더덩실 춤 추다가
가면을 뚫고 나온 마마 자국이
휘영청
하두 슬피 밝아서

망할 것……
강심의 은어들이

침봉 위에서 간통한 하늘을 뜯어 물고
가면 속으로 회귀하는 침몰의 자정
역

처량한 꽃들은
죽은 강의 방향을 안다

곡예사

위태로운 시간이
휘청휘청
全生을 건너고 있다
운명은 언제나
건너편 줄에 매여 있다
줄을 건너야만 다음 줄에 이어지는 세상이
발 밑에 펼쳐진다
그만, 자잘히 으깨진 두개골을 허공에 쏟아버리고 싶은
사탕발린 유혹들이 자꾸
발목을 당긴다

어쩌자고 나는
끝없이 줄을 건너는가
더러 나를 내리치던 추락의 세월들과
줄 갉아먹는 상처 입은 쥐들이
몸 속을 들락거린다
쥐들이 줄을 갉을 때
나는 한층 격렬하게
허공의 춤을 춘다

나를 줄 위에 올려놓은 운명은
참 가련한 빛 능소화를 닮았다
아무도 가지 않는 으슥한 하늘 쪽에 빨대 꽂는
악착스런 줄기들
슬픈 뿌리에서 저질러진
全生이
힘겨운 육신 끌며 끌며
빨대를 기어오르고 있다

번지는 탄식

사과와 동화가 아름다운
시계 속에 고여 있다
문득 발자국 거칠어진 내가
흐물거리는 나사를 풀고
부드러운 시계 바늘 곁으로 몸을 누인다

언제부터였을까
사지가 정오의 눈금에서 멈춰버린 것은
아무리 안간힘 내어 몸 비틀어도
널브러진 채 일으켜지지 않는다

너는 달콤한 연장을 들고
여유롭게 날 조이고 있다
아아 참회한다, 사랑을
아주 오래 전에 가버린 눈물까지 용서하리라
거짓말 같은 네가 김 모락모락 나는
씨앗을 심은 뒤부터
뒤꿈치에 퉁퉁 부어오르는 물집이
열적게 사과꽃 피우기 시작했다
애벌레처럼 갈색 문고리 말아 쥔 채

나는 서서히 사과 육질 속에 갇혀버렸다

아름다운 왕자는 사과의
미로를 찾을 수 없다
오래 울려퍼지는 시계의 한숨이 때때로
낡은 풍금처럼 발목을 물어뜯는다
풍금에 번져 흐르는 주름진 내 살갗의 슬픔
구불구불 저어서
나는 머나먼 씨방으로 향한다
그때에 나는 씨앗과 해후하고
끝끝내 닿을 수 없는 너의 전부를 그리며
사과 싹 내 척추에 꽂으리라

멈추어버린 시계 바늘이
나를 뚫어 오른다
나는 너무나 식물성이다

나무와 늑대 사이

나무와 늑대 사이
그대가 있다
식물의 뿌리로 평화롭게 평화롭게
地球에 붙어 자생하지만
간혹 뜨거운 그 발톱에
가슴이 찬란히 뜯겨나간다

―― 詩

불켜진 窓

너의 뿌리가
나의 눈물을 지나
마른 꽃 피울 때
나는 보았다
목 쉰 가지가
하나뿐인 가위를 들어 툭툭툭
제 혈관을 잘라내는 것을
맨 끝 가지의 백열등이
깜박거렸다
헤어질 사람은 만나지도 말라는
예언자의 쪽지가
걸려 있었다

벼랑에 핀 남녀

길을 걷다가
어디선가 날아온 돌을 맞았다
무심코 쓸어넘기던 이마에
끈끈한 피 흘러내린다
참 그리운 어디
분실된 자격증으로 남아 있던 향기와 그
따뜻함
3인칭처럼 한 발짝 건너
너는 웃고만 있다

꿰매도 지워지잖는
상처가 남겨졌다
껴안을수록 몸이
낯선 氣球 같다
신비롭게 부풀어오르는 몸이
솟구치는 새 몸의 향기를 사물마다 묻히며
이마를 짚는다 아 가만……
상처에서 맺혀오르는 알약들
알약들을 골고루 세상에 뿌리며
눈물 그칠 수 없다

내 몫이 아니었던 것 그러나
원래에 내 몫이었던 것
네가 건넨 뿌리를 허리에 두르니
후끈 메말랐던 수액이 달아오른다
내가 뿌린 것들이
세상의 초록 강물이 되고
초록 바다가 되어
둥글게 씨방 안에 웅크려 있다

상처가 아름답다
잘못 자라난 가지 끝에
부푼 몸이 걸린다
열린 상처가 나팔손하며
몸 안에 따뜻한 공기를 불어넣고
상처가 닫히지 않는 먼먼 시간 동안
꿈꿔온 내 영혼은
슬그머니 묵은 옷 벗고
추억처럼 견고한 기구 속으로
더불어 스민다

완성된 구도
──브랑쿠시 作「키스」

그대는 알 것이다
지워지잖는 연인을 버려야 하는 가슴에
얹혀 있는 무게

혼신을 다해 껴안은 백색 대리석이
입술을 포갠다
부둥켜안은 남녀의 두 팔과 그윽이 맞부딪는 얼굴이
하나의 대리석 안에 완성되었다

고명한 미술사가가 그것을 La Mort(죽음)에서 비롯된
M의 구도라고 해석했을 때에도
백색 대리석은 말없이 서로를 끌어안고 있었다
全裸의 포즈가 겨울밤처럼 길었다

그대는 알리라
육중한 대리석 앞에 그침 없이 쌓이는 밀어
길고 캄캄한 손수건을 적시며 부질없는 사랑 뒤
누군가는 떠나고
누군가는
보이지 않는 곳으로 꼭꼭 숨었다고 하지

외설스런 몸뚱아리들을 따뜻하게 안아 달래며
허우적거리는 세상 무게 말끔히 털어낸
한 쌍의 남녀
어깨에 훈장처럼 빛나는 M의 구도가
훌러덩 훌러덩 벗겨진다
백색 구름 같다

솔베이지의 탄식

너는 너무 길다
미간에서 흘러나온 눈썹 하나가
밤새 내 방까지 스며든다
그것과 동침하고 난 뒤면
아침이 옆구리서부터 떠오른다
버릇처럼 나는
너의 집이 들여다보이는 빨간 우편함에
주소 없는 편지를 자꾸 넣는다
음악을 크게 틀어 찢어지도록 부풀린
그 편지는 오늘도
네 집 뒤꼍까지만 배달된다
아 나는
언제나 뒤꼍까지만 배달된다

너는 너무 길다
와장창 깨어진 내가 지친 행주를 들어
너절하게 펼쳐진 육신을 서류 봉투에
간절히 넣지만
나는 초록 우표 붙이고 너에게 달려갈 수 없다

너는 너무 길다
그래서 잡히지 않는다

추 앞에서

푸른 추를 길게 늘어뜨린
녹슨 시계가
기폭처럼 바늘을 치켜올리고 있다

나는 즐겨 그것을 바라본다
때로
소름 돋운 나의 裸婦도 짐짓 온순해져 명상을 즐긴다
한 겹 벗었을 때
정직하게 마음을 가로질러 흔들리던 실연기를
나는 번번이 잡을 수 없다
단내 나는 裸線 어디서부터
태초에 새겨진 잡풀들과 몸 가린 사람의
그림자가 비치곤 한다
가만가만 들어올리면 길게 일그러져
간혹 나이테처럼 표정이 친친 묶인다

얼마나 긴 江을 건너와 나는 여기에 닿아 있는가
  오래도록 수고로웠을 어진 다리가 탁자처럼 기우뚱
기울어진 채
  시계 속을 들락거린다

사람들은 빵만큼 부푼 裸身을 자꾸 녹슨 시계 속으로
들이민다
　가지만
　녹슬며 이어진 시간의 허기를 미처
　채운 적 없다

　마지막 한 겹까지 벗어놓고
　돌아가 그림자 되었을 때
　조그만 喪失처럼
　강을 따라가는 추의 푸른 물살에
　동그랗게 흔들거릴 뿐

터부의 여자

가려진 숲에
사는 나무들
너무 큰 부레를 달고 있는 가지가
차츰 뿌리를 닮아가고 있다

아무 일도 일어나지 않는 외부의 하늘에
걸린 소음 날아간다
무관심한 표정으로 가지를 흔들며
소음이 떨어뜨리고 가는 파편들을 하나씩 주워담는 것이
내 유일한 취미이다

가르쳐다오
이 파편들을 노릇노릇하게 굽는 방법을
나는 아침마다
갓 수확한 수선화 뿌리에 불을 붙여
동쪽 화덕에 파편들을 올린다
불길이 내 치마를 대신 태우는 동안
뿌리 닮은 가지들은 일 센티씩 더 자란다
까맣게 타버린 매캐한 치마 속에서
먹음직스런 세상의 肉味가 느릿느릿 새어나온다

하늘을 받치는 뿌리에게서 벌어진
裸木 하나의 죽음 위로
망령되게 늘어난 부레들이 날아오른다

소란스런 잔가지를 견디며
피뢰침 꽂는 침엽수들

뜨거운 密語

말해야 하나
오늘
네게
말해야 하나

호수의 그 은밀한 동굴은
호수를 붉게 하는데

말해야 하나

대신
기인 돌팔매
붉은 꼬리 끌며
서녘으로 지고
꼬리 잘린 황혼이
스냅 사진처럼 층층이 몸을 던진다

가시덤불 가득 안고
호수 덮는 꽃무리

아,
비운 것
없이
다시 滿開다

나에게로 다가와서

비로소 나는
가슴에 묻어놓은 아름다운 무덤을 파헤치기 시작했다
손톱이 다 닳도록 파내려가자
견고한 철문이 느껴졌다
나는 말없이 손을 모으고
장미가 만개하기를 기도하였다
마지막 꽃잎 속에서 육중한 문이
간결하게 열렸다

잠들어 있던 뼈마디들이
노래처럼 일어서서 내 가슴에 악보를 그려넣었다
음표들이 너울거렸다
나는
순결한 면사포를 중앙에 매달아놓았다

육신과 영혼과 눈물들은
뼈마디를 향해 회귀하였다
관의 육중한 문이 열려 있는 동안
참 숭고하게 아름다운 질서가 유지되었다
맨 뒷줄에 아무것도 남지 않은 내가

오래도록 서 있었다

빛창 하나를 쥐고
붉은 음표들이 피어났다
소스라치게 쪼개지는 문을 젖히고
텅 빈 무덤 눈물 위로
한결 자유롭게
꽃 한 마리 날아
올랐다

밤을 지새는 상념

큐빅 귀고리처럼
우리가 자주 잊고 사는 귓불 언저리에
끊길 듯 조그맣게 반짝이는 그리움이 있다는 것은
얼마나 다행한 일인가

오늘에야 다시 얻은 귓불에
눈물겹게 입맞춤하고
비루한 육신을 정성 들여 닦는 버릇이 생겼다

사는 동안, 육신아
너는 지상의 잡다한 오물과 찌꺼기 함께하고
눈물을 나눠야 하기에

가난한 나는
가슴에 오래 묵혀 냄새 그윽한
그리움 두 알
네 귓불에 얹는다

서민 아파트 벽에 걸린 게르니카

외부의 캄캄한 별자리에
망원 렌즈처럼 흐린 꽃들이 자라고 있다
兵士처럼 사뿐히 쓰러진 이름은 다시
돌아오지 않고
나는 남색 창가에 목이 긴 병을 얹는다

허리춤까지 고인 편두통이
권총을 들이민다
가진 것 없는 마음들이 왜소하게 민박하는 서민 아파트
아무도 관심 갖지 않지만
날마다 꽃들의 뿌리가 창가로 흘러든다
떠억 버티고 있던 거울 빛이 검게 무너지기 시작한 것은
그때부터였을까, 아
흉터처럼 견고한 새 움이 트리라
한 알의 불안한 이슬을 품은 채
여태까지 놓치고 지나온 많은 것들에게 일일이 악수
청할 때마다
풀어헤친 머리칼을 설렁설렁 흔들며
자세가
외부로 기울어진다

제2부

파 도

오만한 *胎*에서
한 아이가 걸어나왔다
등을 쳤더니 목까지 부러뜨리며
벼랑에 드러눕는다
가만 바라보면
아이는 아무 일 없던 것처럼
오스스 이마를 일으킨다
한번 죽어 죽음을 말끔히 털어낸
경쾌한 걸음걸이로
오만한 아이가 삶의 벼랑에서
걸어나오고 있다

죽음이 없는 묘지는
권태롭다
묘지에서 뛰어내린 삶들은
도처에 깔린 벼랑의 탯줄을 안고 조용히
바다로 향한다

슬 픔

라흐마니노프를 들으며
바이올린 음색에만 마음 가는 어리석음
흐트러진 현의 색채가 마치 경계 없는 길 위
사십대처럼 간곡하고 풍만한

아직은 버릴 수 없는 초록 성을 오를 때
유년의 솜사탕은
뾰족탑에 걸려 울상 짓고 있다
훌쩍 웃자란 가시 울타리 속에 창백히 잠들어 있는
연하디연한 시절들
이제, 죽음 때문에 질겁하지 않는 나이
한결 친근해진 삶을 열어보면 나는 아직도
소녀인 채 삶을 견디고 있다

하늘 쪽에 뿌리 두면 상처들은 우르르
사과알이 된다고 믿는 하늘색 잎들이
붉은 火傷을 닦고 있다
피가 번져 흘러 마음에 잔뜩 딱지 붙으면
부르튼 눈물들 연필심에 끼워
오래 전에 멎었다고 장담했던 사랑도

언젠가 다시 적을 수 있을까

화상이 삶의 끝까지 진물 흘리게 할 것이다
나는 죽음 곁에서 떠오른 식욕, 뿌리 없는
사과알을 찧으며
덧나기만 하는 상처
속으로 가라앉는다

허공의 극장

허공에 극장을 세워놓을 수 있을까
허공에 극장을 세워놓는다면
관객은 갈채를 보내기 위해
허공에 떠 있어야 하리
허공에 날려보낼 커다란 박수와
목쉰 앙콜을 데리고……

왜 사람들은 땅 위의 극장에 집착하는 것일까
　땅 아래 그리움과 허공의 어떠한 목마름에도 눈돌리
는 일 없이
말뚝처럼 땅 위에 발 꽂고
안방 TV 스크린에 가슴을 연다
그러나 정말이지 그것만으로 그들은
가슴에 불지를 수 있을까

어리석은 자들아, 문득
다리 부상당한 남자가 뛰어들어
스크린의 맥을 짚는다
이런, 맥은 아주 약하고 조그맣게 헐떡이고 있어
그는 뜨거운 맨손을 거두며 고개 젓는다

너희들은 서둘러 땅 위의 연극에
종지부를 찍어야 해

모두들 갑작스런 남자의 출현에 의아해할 즈음
남자는 허공으로 시계추처럼 뛰어들었다
함께 날아오른 스크린들이 어지럽게 떠 있고
구름 한켠에 사뿐 가슴까지 베었다

허공의 극장은 완성되었다
사람들은 똑딱똑딱 흔들리며
내리꽂히는 한 가닥 불꽃에
그들의 튼튼한 발등을 불사르고 있었다

그대, 질주하는 갈기에 싸여 生을 건너는

모랫벌에 쓸려 나온
밤바다를 본다
구불구불한 물살이 만들어놓은 사선무늬
거친 야생의 발굽들이 해변을 뛰어다니는 동안
한겹 한겹 비늘 벗는 시간들
야생마처럼 연신 가르랑거리는 잔 파도 위에
갓 서른 넘긴 고르지 못한 어깨 축 늘어져
떠밀려 갔다 돌아오곤 한다

편자 없는 야생마 한 마리 데리고
먼 바다로 가고 싶다
권태로운 우리 안의 사람아
방책 넘어 정강이에 부딪혀오는 추억과 더불어 나는
반짝이는 비늘을 줍는다
목에 걸면 근해의 갈기들은 우우우 일어서
철없이 모랫벌을 질주한다
⋯⋯비로소⋯⋯
헐벗은 경고 표지판들이
드문드문 들어차기 시작한다

망가진 길 위
표지판들을 식별하기까지
서른 해가 소요됐다
거친 내 어깨 곱게 다림질하고
길들여진 야생마 위에 얹어본다
먼 길을 가기 위해선 새빨간 홍당무가 많이 필요하겠지
나는 오래 전부터
홍당무 씨앗을 말잔등에 심어왔다
착한 말 한 마리 데리고 지금 막,
작은 문지방을 넘는다
언젠가
말수 적은 海心을 만나면
조용히 배부르는 만삭의 자궁에
잠시 머물러 흐른 뒤
쌓이는 양수에 산산조각난 육체 털어버리고
맑게 틔운 눈알만 굴리며
노쇠해진 말발굽 따라 돌아오리라
모랫벌에
유순한 몇 말씀 남기리라

슬픈 사랑

피아노가 안고 있는 소리를
손가락으로 솔솔 끄집어내듯이
한없이 무너지는 내 맘속 이 소리들을
그대여 상냥하게 연주해달라
가슴 너덜너덜 후비는 부리 긴 새들이
수줍은 바람 머금어 발갛게 달아올랐다

새들의 목멘 지저귐 그대 손끝에 있다면
왜 그대
손가락 끝 소리들을
듣지 못하나

전화를 기다리는 오후

그래그래그래 사물들이 하얗게 비어 있다
그래그래 그 안의 心象도 비어 있다
그래 나 혼자 꿈틀거린다

꿈틀거린다

아무리 꿈틀거려도 비어버린 것들은
깨어나지 않는다

네번째 눈물

텔레비전을 보다가 딱 한 번
주체 못 하게 운 적 있다
첩첩산중 외딴집 나무로 지어진 테라스에서
흥건히 풀어헤친 셔츠 입은 남자가
먼데 응시하며 첼로 켜는 모습
다만 감각적인 슬픔쯤으로 첼로를 듣던 나에게
그는 무슨 샤머니즘처럼 조악한
붉은 꽃 내밀었다

그토록 허황한 감각의 잡풀더미에서
산산조각난 이마를 쓸어올리며
그렇게 그 남자가
내 안에 걸어들어왔다
나는 가늘게 눈감은 채 악몽처럼 부유하였다
빈사의 가을
죽은 것들이 눈뜨기 위해서는 긴요한 하나의
근거가 필요하듯이
나는 죽은 내 숲의 정령들을 앞세워
숨겨달라 외쳤다
여태 난 근거 없이 삶에 임했을 뿐 귓가에 살아 넘치는 그

소리들이 난해하고 두려웠다

네번째 눈물이 스며올랐다
어디에서 비롯된 것인지 알 수 없었다
겨드랑이와 가슴과 눈자위를 만지면 쓸쓸한
언덕이 더듬어질 뿐
모조리 눈감고 생각하였다
나는 먼지다
허공을 날아다니는 느낌일 뿐이다

남자가 첼로를 연주하기 위해선
네번째 눈물이 필요하다

조악한 꽃들에서 뿌리가 번지고 있었다
문득 가슴에서
싹이 만져졌다

끓는 여름

허연 거품 문 투견을 본 일이 있지
주체 못 할 적개심에 부글거리는 거품이
찢어진 입술 사이로 흘러내렸지
누구를 향한 들끓음일까 그 무서운 분노는

발등에 떨어진 한 방울의 거품이
포말처럼 나를 산산조각낸다
알 수 없는 벼랑에 팽개쳐진 나는
이내 깨금질하며 세상에 되뿌려지지만
미련스런 반쪽의 나는
거품에 스며
지극히 난해한 몇 마디의 분노를 배우기도 한다

요새 난 투견이 그리도 이쁠 수 없다
속속들이 쓰다듬는 내 손 씹어 물어
환하게 터지는 붉은 피가
그 야생의 욕망을 달랠 수 있다면

가랑이 안으로 구겨넣은 그 놈의 꼬리를
활처럼 전신에 걸고

나는 튕겨져오르리라

먼지 한 톨 묻지 않은 순결한
태양 속으로

낮 달

한 번도 열리지 않는 門을 향해
삼십 년 기다려온 사람
戀人의 창가에 어른거리는 나무가 되어
늘 지지 않는 가슴 한 쪽
성큼 베어
가지 끝에 올리는 심사

가난한 肖像

게를 보면 눈물이 났다
──슬픈 觸手처럼 툭 불거진 쬐그만 그 눈깔
한나절 말동무하다가 슬몃 집게발을 열면, 비로소 한
뼘 은박지에 와자지껄 쏟아져 뛰어다니는 아이들
허기에 지친 날이면 게를 잡고
가버린 사람 다시 떠오르면
굵은 놈을 삶아 어린 것들의 배를 채워주었다
그러다가 목이 메여
그 남자는 죄스럽다고 온종일 게만 그렸다

아니 아니, 게들은 그의 착한 손끝에 재잘재잘 기어나와
건강한 팔뚝을 그렸다
뚝뚝뚝 손 마디 꺾으며……

내 슬픔 속 용암종유

남은 날들 꽁꽁 여며 문 닫아걸고
들썩들썩 잔기침하는 문고리를 눈물로 채운다
거슬러 흐르는 시간 속에 익사한 뿌리가
둥둥 나를 밀어올린다
만나지 못하는 것들이 모두 천장에 고여
비를 뿌린다 퉁퉁 분 잔뿌리
후줄근하던 고통의 주름들이
아무 일 없던 듯 팽팽히 펴진다
고통으로 주름이 빳빳해질수록
날마다 구멍 숭숭 커지는 고사목들이
슬그머니 새어나가는 추억 향해 허망한
투망을 던진다

나는 분홍 햇살 한 다발 들고
투망 속으로 들어간다
두리번거리다가 미끌, 검은 이끼 밟고
끝없이 멀어질 때
홀연 시들어 작별하는 분홍빛 익사체들이
입 벌려 아름다운 동굴의 입구를 꺼내 보인다
머릴 부딪친 내가

용암종유 속으로 스며든다
타오르던 꽃잎 가슴에 얹고
익사체들이 담담히 한 방향의 바다로 밀려가듯
이토록 분명해지는 삶의 외갈래 길에서
왜 나는 점점 거꾸로 날아
억센 기억의 천장에 달라붙는가

힘겹게 매달린 가느다란 시간이
빗물 받아 마시며 조금씩
단단해지고 있다

테라코타 辭說調

테라코타를 보면 마음 차분해지니
내 육신 흙으로 빚어졌다는 걸 믿을 수밖에
과장된 둔부를 거듭 덧붙이고
스멀스멀 가슴 돋우던 바람의 뼈 굵은 손 마디들이
쿨렁쿨렁 아카시아 향에 잔 멀미할 때
조급한 테라코타, 팔랑 내쳐 부는 홀씨 타고
지상으로 오스스 날아간다

낯선 공항에서 우왕좌왕하다
줄창 구애해대는 해풍과 결혼하였으나
온몸 사그라지도록 지루한 고생 끝에
살갗 왕소금 돋는 중년이 되고
겨우 한 점 자식 새끼
번번이 애간장 녹여내어
보따리 달랑 메고
깃들 곳 찾아간다

나는 원래 흙이었으니
담담히 하늘로 오른다
태고의 흔적만이 살아 있는 개울에 이르면

비대해진 육신 살살 풀려 흐르리라
육신을 씻기고 나온 누런 땟물이
전차 바퀴 따라 길을 만들고
나는 흔적 속에 영영
흔적으로 남으리라

The End
흔적으로 회귀하는 한 점
흙덩이들이여
이승의 눈물들은 이제 비로소
시작된다

삶은 뱀 껍질처럼

그렇게
추레하였다

문득 돌아본 자리에
나의 이름으로 남겨진 흔적들이
묵은 뱀 껍질처럼 허망하게 바스락거렸다
또렷한 발자국 하나 남기는 일이 이토록
어려운 목숨 걸기일 줄
미처 짐작 못 했다
언제나 가을은
새로운 몫으로 나를 지나쳐가고
떠밀린 역의 이정표 아래 서서
망연히 나는
생소하게 닥쳐올 계절을 생각한다
그런 것이었다
나는 변함없는 이방인일 뿐
끝없이 이어진 선로를
의지껏 그려내지 못했다

아, 殺人하고 싶다
너무 강렬히
나와는 전혀 무관한 태양빛
비춰오고 있다

鳶 날리는 삼십대

무심코 저질러진 날들이 두려워지기 시작했다
녹슨 톱니바퀴 아프게 맞물려진
검붉은 생채기가 피고름 흘리고 있다
나는 미래의 분홍 손수건으로 황황히 닦으며
鳶 위에 실린 추억들과 아름답게 작별한다
얼레에서 잘려나간 날들이여
모든 소임을 다했다는 듯 미련 없이
이승의 줄을 끊고 훌훌 날아가는 너희들 따라
나는 더불어 떠날 수 없다

사라진 연의 자유로운 길들을 고스란히 손바닥에 올
려놓고
남은 날들의 몫으로
길 위에
새로 장만한 구두 발자국 찍어본다

길이
지워진다
막막한 육체가 힘없이 일어서서
나를 바라본다

퀭하게 응시하는 먼먼 속삭임
지워진 여러 갈래 길에서
수심에 찬 발자국이
불현듯 깨어나
허둥지둥 쓸쓸한 푯대를 꽂는다

한 바가지의 바다

무슨 사연들 간신히 참고
가득 잠겨 흐르는 파도를 보네
나 또한 무언가 실어 보내줘야 할 것만 같은
마음 주워담으며 내려다보면
바위 틈에 흩뿌려져 고여 있는
바다 한 바가지
막 껍질 깨고 꼼지락거리는 햇병아리처럼
오돌오돌 외투 저미며 반갑게 손 넣어본다

그것을 입에 대면 짜디짠 소금기
왜 이렇게 낯익은 소름 돋는 걸까
난 느끼고 싶어
외투 벗으면 조용히 걸어나가
세상 바위 틈 사뿐 얹혀지는 나의 무게
그 속에 나는 진한 소금기 풀며 풀며
조금씩 가라앉는다
어쩌다 저리도 쓸쓸한 데 중심의 무게 걸쳐놓고
원치 않는 외투 속에 빈 육신 매어놓았던가

날 선 바위 사이
달고 따뜻한 나의 무게
거대한 뿌리는
언제나 나를 바다로 잇고 있다
오래 참아온 먼먼 마음 황량히 쓸어안으며
큰 파도 나를 휘감을 때
이마 터진 중심의 사연들을 데리고
함께 바다로 간다

失樂園

자라난 男子의 수염은 비단처럼 길고 풍부하였다
女子가 어느 날 지나치게 자란 그 수염을 눈치챘을 때
男子는 민망한 듯 소리죽여 웃었다
"이제 더 내버려둘 수 없어요"
무딘 소매로 女子가 살캉살캉 베어내기 시작했다
나부끼며 발 밑에 드러눕는 수염들이
슬픈 눈에 고여왔다

그들이
긴 소풍을 마치고 돌아오자
외곽의 주홍꽃들이 시름시름 시들기 시작했다
그것을 전원으로 돌려보내기 위하여
그들은 성긴 바구니에 팔짱끼고
서둘러 손 잡아 걸어갔다
발자국마다
버려진 향기가 흘러나왔다

수염싹이 울창하게 자라
아름다운 男女들이 그 길을 지날 때면
잎들이 외딴 곳으로 조그맣게 흔들리곤 했다

그곳을 지나쳐온 바람 고요히
자라난 손톱 밑의 상처를 만져주었다.

제3부

이별에게

아무리 틀어막아도
코피 멎지 않는 때가 간혹 있었다
겁에 질린 동생은 소리쳐 울고
가만히 누운 채 슬그머니 두려움이 커질수록
몸 안의 피가 다 빠져나가면 훨훨 날아오를 수도 있을
거라고
조용조용 마음 가라앉히던

나도 모르는 사이 잠이 들어
소스라치게 깨고 나면
울컥 목구멍에서 치밀어오르는 검자줏빛 꽃덩어리
숱한 가을을 견딘 통곡의 手話들

나는 가련한 꽃잎의 눈자위를 닦으며
지워진 주소로
늦게 핀 자주꽃 부친다

내 마음에 고인 화면

음산한 나무가 걸어온다
광목 커튼을 찢는 반달
때아닌 장미, 분홍빛 창백하다
하루 한 알 나는
꽃잎을 차례로 뜯어 삼켰다

반달이 커튼 찢는 소리는 번번이 장엄 미사 같애
누워 있던 亡者가 따라 부르기 적당한 속도로
성모상 가슴에 37도 이슬 몇 방울 맺어주지
사는 게 정녕 죽음으로부터의 해방이라면
팔랑팔랑 깃발처럼
우린 왜 사는 동안 내처 나부끼지 못하는 걸까
한 방향으로만 자라는 나무처럼
뒤돌아보지 않고 걷다가 으슥한 골목에 이르러서야
깜짝 놀라겠지

무수히 걸었던 많은 길들
탯줄처럼 나를 엉켜 묶고
다 닳은 분홍잎 한 장의 나는
꽃대에 꽂혀 있다

오히려 사는 일이란 삶으로부터의 해방이라고
시든 이마 조용히 손 내민다

광목 커튼에 반달이 가려져 있는 동안

피서지에서

여름 동안, 우리
아름다웠다
오직 한 이름 부르며 사는 일
고운 이름 하나 껴안기도 버거운 파라솔 아래서
이렇게 뼈아픈…… 우린
그 동안
너무 많은 것들을 채우려 발버둥쳤구나

단단히 육신 땅에 박고
겨우 요만한 굴레를 지상에 펼치는
알록달록한 삶들
햇살 무성할수록 창백해지는 파라솔 안에는
틔우지 못하고 떠도는 모래의 싹들이
깨알같이 박혀 있다
부디 욕심내지 말자
파라솔 걷히면 그것들은 스스로
가지 뻗고 화려하게 제 열매 맺으리라

해변을 뛰어다니던 내 뿌리 뽑아와
파라솔 아래 뉘어본다

그늘이 뿌리와
뿌리에 얽히는 고운 덩굴 하나
뭉클히 비추고 있다

輪廻에 대한 단상

기차가 떠난 뒤
오래지 않아
한 사내가 허겁지겁 되돌아왔습니다
기차는 떠났는데
두리번거리며 그는
놓고 간 물건들을 찾습니다
무슨 행장이 그리 많은 걸까요
구두끈과
떨어진 단추
멀찍한
벤치가의 중절모
지팡이를
찾아낸 사내의 눈빛이
평화롭습니다

그는 서둘러 驛에
다시 섰습니다
그러나 다음 기차가 도착하기까지
꽤 많은 시간이 남아 있습니다

한동안 그는
그렇게
서 있을 겁니다

새벽 驛

안개 자욱한 기차역
발돋음하며
살콤한 키스를 한다
서둘러 멀어지는 차창 너머
벽화처럼 너는 막막히 흔들리고
시선 둘 데 없는 나의 근원이
자꾸 들러붙는 언 잎을 살뜰히 품는다
안개…… 입덧 같은 치맛자락 펼치며
흐릿하게 풀리는 작은 새알들
고여서 발아할 것 같은 생각의
뼈마디 끝에 깃든다 언 잎으로 엮어올린 둥지 꽃벽지
속으로
꽃들의 사방무늬 따라 점점점
뭉큰 돋쳐나는 마음을 잠그며
위험한 꼭지에
반쪽 날개 묻을 때
슬픈 벽화의 풍경
안에 조그맣게
박혀서
나는
……

안나 카레니나

바이올린 협주곡 D장조가 연주될 때
차이코프스키는 절반쯤 눈을 감지
나머지 절반의 눈에서 새어나가는 진부한 육체 위해
아편을 마시고
자, 건배
우리는 하늘 향해
유쾌하게 전생애의 영혼을 치켜든다네
불쌍한 불란서 인형이 우아하게 물구나무서서
찢어진 입술로 춤 권할 적에
깔린 능욕의 나뭇결들은
불쑥불쑥 일어나 머리채 잡아채고
머리채 잘린 영혼이 딱딱한 허물과 결별하면
반쯤 감은 裸身 일으키며
차이코프스키는 문을 나서네
희고 무거운 정오의 문을……

자, 건배
그토록 아름답게
빗장 벗은 흰 날개를 위하여

검은 비닐봉지

시든 콩나물 오백 원 어치를
가게 주인은 검은 봉지에 넣어준다
콩나물 푸르스름한 머리들이
얼기설기 비집고 나와 있다

채 완성되지 않은 우울과 불안이 사뿐
봉지 속에 넣어졌다

내가 담겨 있는 이 방은 누구의 소유인가
앙상한 손가락들을 먼먼 세월쯤에 자잘히 펴보이며
영 잡히잖는 외지의 전파에 귀기울이는

달랑 검은 배낭 하나 메고
지워진 미로를
나는 유유히 걷고 있다
어깨가 따갑다
너무 많은 삶의 소금기
짐짓, 물을 건널 때
흠뻑 몸 뉘어본다 그럴수록
더욱 불어나는 소금의 무게

막막한 길이다

비집고 오르는 구두 밑창의 콩깍지들이
물 속에 부푼 비명 소리를
바라만 보고 있다
벗지 못한 무게에 더 한층 물먹은 짐까지 짊어지고
가는 사람이여 나 이제
알겠네 이불솜같이 피로한 어깨에 뻗는
유예된 형량들을

종착역에 서서 여유 있게
남은 세월을 타진하는 낯선 소리들
지지직거리는 검은 전파를 타고
나는 옮겨지고 있다

한때 소나기

연둣빛 어린 나사들이 와르르 쏟아진다
그 중 하나는
설익은 내 심장 가에 단단히 꽂혔다
헐거운 분노와 고통, 헐거운
사랑이 찬찬히 조여진다

사랑의 검버섯은 불치다
불치병을 경험한 자만이
너와 내가 나눈 2인칭의 진물을
이해할 수 있다
몰래 방류해버린 우리의 뽀얀 물줄기가
세상을 지나
뿌리 아래서 초록 거푸집 짓더니
만장처럼 작별한 것들 향해 잎사귀 쳐든다

아무도 나사 끝에 달린
달디단 입술을 눈치채지 못했다
생의 결핍 따라 검버섯 피듯
연둣빛 나사들이
큰물에 반쪽 사지 쓸려나간 추억과 입맞춤한다

단단히 조여진 상처가
소실된 육체 위에
흠뻑 아물고 있다

먼지의 날개
—— 하보경에게

가슴을 벗어나야
자유로운 새가 보이지
한때 역동적인 모든 날개를 소유했던 사람이
홀연히 그것들 모두 거두어 찢고 태우고
속곳마저 오랜 세월 동안 태워버리고
앙상한 참새구이 꼴을 하고 돌아왔었네
인형들이 춤추는 사람 속으로

재들은 허공에 오두막을 지었네
그토록 견고한 먼지의 날개가 언 흙을 뚫고 일어나
어깻죽지로 날아오르고
말없이 그는
먼지의 발을 건듯건듯 올리며 잠겨버렸네
끝없는 海心, 최후의 거처였네
폭풍 아래서도 하늘 돛 꼿꼿한

가슴을 벗어나야
그가 보이지
티눈에 박인 바다의 고름을
가슴에서 떠난 적 없는 사람들은
보지 못하네

할아버지, 그리운

내 안에 낡은 지도 한 장 있다
무명실처럼 엉켜 흐르는 여러 갈래 길
길 따라 열려 있는
희디흰 강들
할아버지 심다 만 씨앗들이 압정처럼
굽은 강줄기를 꾹꾹 누르고 있다

다 못 한 말씀으로 잔뿌리
어루만지시나
갈림길마다 강심을 뒤지던 내
발바닥에서
상기된 은침들이 자잘히
뻗어나간다

비 내리는 차창 안에서

느릿느릿 반원을 그리며
정확하게 돌아와 눕는 와이퍼
와이퍼가 언뜻 멀어질 때마다
오오 나는 액셀러레이터를 밟는다
8년 만에 겨우 잡은 두려운 핸들이
오―랜 흑백 기억 속
상여꽃 닮았다
어머니가 올린 술 한잔 걸친 뒤
봉분 모양 꽃들에 싸여 길 재촉하던
말라빠진 빵조각처럼 목구멍에 박히는 요령 소리와
아침 볕에 늘어진 가락들
둥게둥게 상여길 따라
얼큰히 흥 오른 액셀러레이터를 밟는다
훅,
붉은 신호등 빛이
섬광 같은 공포 한 장 내민다
문득 문 열어제치고
뛰어내리고 싶다

안전벨트 꽁꽁 묶인 한 생애의 거품 속에서

언제쯤 나 정확히 돌아가
꽂힐 자리가 보일까
길은 너무 멀다
잠시 품에 들어왔다가 곧 멀어지는 파문들
차창 밖 싸늘한 외마디 손들이
목 죄어온다

액셀러레이터에 피어난
붉은 조화들을 지긋지긋 밟으며
나는
돌아오고 싶다
길은 너무
멀다
뒤차에
쫓겨
허겁지겁 달리지만
진실로 가고 싶은 적은
없었다

歲 暮

내가 던진 돌이
날아가 너의 대문 가에 떨어졌다
내일은 너를 뚫고
날아가기 위해
문에 기대어 나는 한참 동안
돌을 뾰족히 갈고 갈았다

돌의 수많은 성기들이 발설한
정액이 대문 가에 고여
가시 있는 잡풀을 키워낸다
다 쓰이지 못한 시간은
가장 유혹적인 풀뿌리 곁에 오래 썩을
거름으로 뿌려두고
나는 꼿꼿한 돌의 비밀스런 내력을
소중히 품에 안고
너의 대문을 두드린다

오, 이런……
나를 스쳐갔던 시간들이 저마다의 문을 부딪고
튕겨져나와 발목을 물어뜯는다

피 묻은 아가리 벌려
독초의 뿌리가 나를 삼키고
휘청거리는
저녁,
헐거워진 대문을 넘고 있다

셀부르의 우산으로 배꼽을 가리다

TV를 켰더니
배꼽을 드러낸 무희들이 춤추고 있다
화보집의 裸婦처럼 육감적이진 않지만
불현듯 솟구쳤다가 좌우로 마구 흔드는
배꼽의 비천한 움직임이 정겹다
그것을 쓰다듬으며 떠도는 안개의 흐릿한 발자국 뒤로
화면 가득 물방울들이 걸어나온다, 걸어와
나를 에워싼 물방울 속에는 긴 여자의 금발
빛 바랜 우산이 노랗게 진다
교묘하게 웃으며 다시 우산을 펴는 여자
눈 비비고 다시 보면
플라스틱처럼 견고한 조화 한 송이 비친다

나에게도 우산이 하나 있다
가난하지만 나지막이 솟은 배꼽과 밤 사이 얻은 새치를
말없이 쓰다듬는,
사막처럼 외로운 종이 위에서
나는 사지를 꺼내 으깨어놓곤 한다
으깨진 사지를 추스려올리며 비틀거리는 가슴 하나
다가와 꽃대를 세운다. 그날

아무도 주목하지 않는 꽃대에 꽃이 피고
고요히 졌다
꽃잎에는 거뭇거뭇 배꼽이 묻어 있고
배꼽을 활짝 열어제치자
아직 피잖고 꿈꾸는 꽃씨 한 알
날개처럼
연둣빛 우산 펴보였다

윤두서 자화상

실수로 날려버린 상반신은
ASV화일에 저장되었다
요행히 남은 구레나룻, 눈매
섬처럼 휑뎅그레 떠 있다
축 늘어진 채 살집 박인 저 눈 어디서 보았더라
찬찬히 마주보면
다 들여다보이진 않지만
언뜻, 탕건 속 어스름 밀려들면서
뻣뻣한 숲이 우르르 펼쳐지고
흐릿한 나무들 삼삼오오 맞대고 서 있다
어디선가 어슬렁거리다 뛰어든 맹수의 푸른 눈이
내게 세차게 박히는 순간, 헉
삽시에
뒤덮어버리는 거대한 해일
한 사람이 분연히 툭툭 털고 일어나
흩어진 밑그림 차곡차곡
탕건 속에 접어넣는다

지워져 표류하던 그림자
길게 이어져

하늘에 꽂힌다
신비한,
금방 꽃 한 바가지 퍼부을 기세다

문학의 이론

　우리 문학을 알기 위해 남의 나라의 언어를 공부해야
한다는 게
　썩 즐겁지만은 않다
　생소한 이름과 생소한 설명들이
　마른 생선처럼 들쭉날쭉 진열돼 있다

돌아보면
식단에는 과연
내 나라의 이름붙일 수 있는 것 얼마나 있는지
이국의 정서로 채색된 이론과
온종일 씨름하고
녹초 된 몸을 끌고 장터로 향할 때
내가 왜 굳이 구불구불한 길을 돌아가는지
도무지 알 수 없다

장터에 물건을 들고 나온 이들은 한결같이
"사세요!"라고 외친다
그때마다 소심한 나는 번번이 손 내젓지 못하고
어느새 채워진 바구니 속에 정말 긴요한 물건은 하나도
들어 있지 않다

쪽지에 적었던 목록들이 다 지워지고
빈손에는 외지의 바람 황량히 분다

굴비 한 두름을 사고 싶었다
희뿌옇게 빛 바랜 눈동자에 말없이 잦아든
그리운 밥상의 허기와 단란한 식욕 한 줌
식구끼리 모여 앉아 일제히 젓가락을 내밀면
넉넉하게 제 가슴을 제치며 내장으로 탈없이 스며드는

탁한 번역서 문맥 사이사이
시야가 가려진 채
오랏줄 그물에 굴비들이 안쓰럽게 묶여 있다
그것을 풀어야 한다 천진한
정녕 천진한 딸아이의
숟가락에 올려주기 위해

제4부

작은 묵시록

우리 함께 바라보던 江비늘

흔들리던 반딧불 빛

오름이 깰까봐 모올래 뒤척이던 山허리

쓸쓸한 수평선 짚고
질금거리던 七夕의

아, 가을은 멀고 멀어

허공에서 필까 말까 망설이는 유채꽃

한 잎 떼어
노오랗게 물든 罪들이

조용히 나에게 길을 묻는다

귀고리 서설

귀고리를 개고기라 하는 아기의 발음을
바로잡을 자격이 나에겐 없다
몇 년 동안의 결심과 몇 차례의 리허설 끝에
겨우 율무알만한 귀고리를 걸치고 난 뒤
문득문득 귓불에서 낭자한 살점이 만져진다

살점을 젖히면
화들짝 달아나는 들꿩의 발자국이 있다
어라, 지친 협궤 열차가
다리 부러진 꿩들을 실어와 풀어놓은 산야
상한 다리 세상에 걸쳐둔 채
미련 많은 외다리로 각혈하는 발자국들

처세는 종종 제 이마에 총구멍 낸다
한 시절 지독한 짝사랑에 다리 절던 K는 후유증으로
끝내
앉은뱅이가 되었다지만
혈서 쓰던 P는 손가락이 아물자
지사처럼 당당하게 떠나버렸다

왜 떠나버린 이는 그토록 숭고한가
숭고치 못하여 썩어들어가는 다리들아
가난한 발자국 끌어안으며
소외된 산야의 협곡으로 도망하는 삶들아
고작 이 작은 세상의 먼지 하나 귓불에 걸치기 위해
수년을 허비한 여자의
허탈한 총성이
꿰귀꿩꿩 산야를 뒤덮고 있다

화들짝 날아오르던 날개 몇 개
먼지 쏟으며 부서져내린다
아득히 휘어진 무지개……

내 위장 속의 巫女

늘상 캄캄한 쪽으로 팔을 뻗는 이가 있다면
태양의 냄새를 맡지 못한다고 단정할 수 있는가
꼭 끼는 분홍신 신고 무도회로 달려가는 여자가 있다면
그녀의 높은 굽이 찬란하게 빛나 위태로울 때,
태양에 닿아 있다고 말할 수 있는가

가령, 퍽 허리가 가는 甁 안에는
몇 개의 영상이 있다
흔들림 없이 고여 흐르는
흐르는 초가들
창호지 덧문에 옹기종기 기대어 마음 몇이
좌·정·관·천·한·다· 하다 지쳐 허물어진 근처
손톱 닮은 소나무가
으슥해지도록 자라곤 한다
올려다보면

말라비틀어진 하늘 한 뼘
힐끔 나를 곁눈질한다
주관적으로 다시 설명하면 이렇다
출구는 언제나 바늘구멍이다——
캄캄한 쪽으로 돌아눕고서야 비로소
사방을 에워싼 벼랑을 보았다
상심한 잎에서
눈물이 떨어졌다
눈물이 자꾸자꾸 쌓여 마른 숲을 이루고
어느 날
스스로 타올라 숲으로 몸 던지는
마음을 보았다

태양 쪽으로
화르르 달아오른 분홍신 한 짝 놓여 있다
出口는 해방되었다

가을 피리

허공에
男子가 매달려 있었지
외로운 가지 하나
간신히 붙들고
全生의 벨트를 풀어헤친 채
탐욕스런 사리 쏟으며
쇠잔한 풀잎만 뜯어먹었지

걸음 더딘 고요가
낭창낭창 해진 외투를 꿰매고 있다

검은 바람은 오늘따라 유난히도 붉어라
심금 울리는 짝사랑에
딴따라 혀짧은 곡조들이 붉어터진 바람을 데리고
타는…… 애타는……
숙명의 풀잎과 만나서
아이 어쩌나
男子가 바람을 잡아챌 때마다 울울울

신비한
하늘 소리 흘러
나왔지

버려진 우리의 표정

철 지난 달력 속에 해오라기난초가 피어 있다

하이얀 이파리 떨릴 적마다 언뜻언뜻 열리는 오솔길, 가는 줄기들이 무리 지어 몸을 비틀면 한 떼의 해오라기 날아오르고 고단한 숲이 따라와 방안에 눕는다

허전한 뿌리들이 머리맡에 둥둥 떠다닌다

언제나 해오라기들은 날아가버리고, 깊은 상념만 더욱 을씨년스럽게 엉켜 흐를 것이다

금간 천장 사이로 절룩절룩 날아가는 마지막 새 한 마리……

해오라기난초가 피어 있다

서툰 투망질에 포르르 날아오르는 꽃들, 나는 낡은 그물을 깁다가 긴 잎사귀 끝 접혀서 잠이 든다

그물 속에 허우적거리는 꿈…… 성긴 그물 저편 하늘은 빛나고 내 가난한 셔츠를 비춰오지만 이 구속으로부터 구원해주진 못한다 다만 늦골 근처 잎이 자라 차례로 온몸 덮어가는 것을 조용히 바라볼 뿐, 그때 처음 깨달은 뿌리의 통증……

누군가 버리고 간 대지와 누군가 버리고 간 우리들의
하느님은
　뿌리에 묻은 채 썩고 있다

　썩은 뿌리에서 핀 꽃은 위태롭다
　날아간 새들은 돌아와 부리를 묻고, 다시는
　좀처럼 떠나지 않는다

가 을

시를 쓰다 사전 찾는 일이 잦아졌다
뺨 비비며 친밀했던 단어들이 하나 둘
떠나고 있다
어떻게 하나
발목 잡고 늘어질 힘이 없는데

나날이 깊어가는
민둥 가슴에
그것들 추억하는
붉은 肉燈 켜리라

다, 가버리고 말면……

징검다리 위의 시절

서른 이후는 덤에 지나지 않는다고 생각했었지
여성 잡지의 권말 부록처럼
눈요기 삽화들로 가득 채워진
서른을 넘기면서 비로소
보게 되었지
이제 막 두번째 징검다리 위에 가까스로 다다른 나
누군가 먼저 건너간 징검다리 위에는
분홍 꽃잎과 풀 향기 아름답고
갑자기 거세어진 물살 앞에
불안한 징검다리들이 떠돌고 있다

문득문득
아련한 흑백 그림들이 긴 그늘을 만든다
그럴 때
물먹은 이부자리 낭자하게 펴는 추억과 더불어
짤막한 삽화처럼 길게 정지되곤 하는

징검다리들이 무덤처럼 동그랗다
나는 일일이 그것들을 일으켜세워
바다로 함께 간다

晚 鐘
——대지로의 회귀

눈물이 고여 빈 들을 살찌운다
들녘을 건너는 푸석한 흙냄새
버려진 나락들은
앙상한 흰 뼈를 대지에 기댄다

얼굴 선이 고운 그 여자
이미 두 번 결혼했으나 가진 게 없는 그 여자
더 이상 갈 데가 없는 오지 들녘
수많은 나락을 소유했던 여자 피 묻은 살점이
붉은 뗏장을 뿌리고 있다
남루한 흙무더기에
정좌한 말씀이 뉘엿뉘엿 지고
영혼을 탕진한 나락들은
껍질만으로 아프게 자궁을 열어
최후의 알을 낳고 있었다
그녀는 최후의 알을 정성껏 받아 들고
맨발로 걸어나왔다
소임을 다했다는 듯 맨발에 부서지는 들녘의 골반들

언젠가
저문 나락들이 넘쳐 흘러
누추한 세월을 조용히 밀어낼 것이다

보이지 않는 뿌리는 영원하다

아직은
퍼올린 날보다
퍼올려야 할 더 많은 날들이 남아 있다
아름다운 두레박 하나 기둥에 매어두었다가
뿌리 마를 때
야금야금 길어올리고 싶다

시간의 흔적은 벌거벗긴 채 잡히지 않는다
흔적들이 쌓아올린 대지 위에 나는
멀겋게 막 열매를 거둔 무화과나무
어린 새끼들을 다시 불러 젖꼭지 꼭꼭 물리고 싶은
허허로운 바람결
바짝바짝 수액을 빨아대던 새끼들이
떠나고 난 뒤
비로소 말라붙은 젖무덤 풀어헤친 내 어미의
밑둥 바스라져내린다
여태 흘러가지 못하고 어미는 내 곁에
낡은 뼈다귀 엮어 추상의 집 세웠던가
배냇저고리 같은 구름 몇 장 날아와
하염없이 혼절하는 가슴 끌어안는다

뿌리는 묵묵히 고여 있다
탕진되지 않는 한결같은 미더움으로
표류하는 생애의 부질없음까지
말없이 덮으며

10월

시든 시간 몇 장
내 식은 이마 짚으며
창가에 번지고 있다
여백 쓸쓸한 풍경화 걸려
언제부턴가 창문의 표정이 길어졌다
나는 흘려버린 날들을 애써 모아
붓끝에 묻히고 칠을 하지만
날마다 여백은 커져간다
여백 속에서 뛰쳐나온 마음이
베갯속 적실 때
내 체온 닮은 물 소리가
나를 밀어내고 구부려 눕는다
늘컹늘컹 차오르는 귀울림 안고
나는 누구의 풍경 속에 흘러드는가
지는 해에 뒤꿈치 들고 돌아나가는
저녁 구름 한 줌 처연히 나를 감는다

맨발로 서성이는 달빛도
부쩍 흰머리가 늘었다
뿌리부터 희디흰 머리칼 뽑으며

이제 남은 머리칼을 세야 할 때
창은 비었고
그리다 만 여백 위
뚝뚝뚝 초췌하게 하혈하는
서늘한 붓 한 자루

나에게서 빠져나간 뒤
영 찾지 못한 색감들이 시간의 거품에 엉켜
뉘엿뉘엿 창 너머로
내려앉는다

거듭나기

보일 듯 말 듯한 가슴 아래 손가락을 넣어본다
청동 조각상이 수줍게 고개 든 순간
뭉클한, 어디선가 심장이 만져질 듯하다

이상하다 조각상의 반질거리는 살갗에
눈감아버린 나의 전신이 들여다보인다
순례자처럼 망연히
나는 조각상 속으로 걸어들어간다
좁고 남루한 갈비뼈 근처
따스한 꽃들이 무더기로 피고
꽃들이 잔잔히 흔들리면 언뜻 비춰진 내가
가늘게 휘청거린다
가만 바라보면, 세밀한 혈관이 발 밑을 적시고……

불현듯 내 몸을 밀어낸 것은
부슬부슬 내려앉기 시작한 어둠이었을까
어둠이 내리고 창문을 두드리는 웅성거림이 들리지만
손 잡을 수 없다, 나는 닫혀 있다

문득 알 수 없는 손이 다가와
내 가슴을 찬찬히 더듬고
뜨거운 피 스며들어 마침내 사지가 고요히 풀려 흐를 때
저만치서 조각상이 꽃씨를 던진다
스멀스멀 자라나는 잔뿌리……
오래 뿌리의 전신에 귀기울이면 차츰
잘록해지는 허리께에서 실핏줄만한 햇살이
환하게 새어나오고 있다

뿌리에 관하여

앵두술이 익었다.

부리를 쥐고 병을 흔들면, 앵두 알맹이들이 서로의 몸을 비비며 술렁거린다. 술은 반드시 제 빛을 잃은 뒤에야 익는 것일까? 허옇게 이마를 드러낸 알맹이들이 앵두나무의 기억을 붉고 선명하게 병 속에 풀어놓는다. 늦은 봄볕을 아직도 게으르게 베고 누워서, 닳디닳은 기도속에 더러 제 가슴을 쪼개기도 한다.

앵두 알맹이 사이로 붉게 물든 내 얼굴이 녹아 흐르고
잃어버렸던 작은 발자국들이 아득히 쌓여 있다.

아, 그리운! 내가 돌아온 그 많은 골목 어귀의 기억들은 퇴색된 저마다의 鄕愁를 뿌리며 악수를 청한다.

얼큰히 붉어진 내 손을 잡고 이마 근처에 머물기도 하면서……

고개 들어 올려다보면 은밀히 붉어지는 하늘
가슴에 와 세차게 박히는 앵두 알맹이들

뿌리는 술병을 넘쳐 흘러 나를 적신다
그것을 자를 수 없다.

어미의 바다

무화과 속에
쌀알 같은 젖니들이
가지런히 열려 있네
늘 젖이 모자란 어미는
무화과 볼 적마다 눈물이 나서
제 아기 양식 거리로
가만 품어 오지만
으깨질 때 그것들이
까르르 쏟아져나오면
네 어미, 첫니 보고 얼마나 즐거웠으랴
그만
볕 고운 흙에
꼭꼭 눌러놓는다

자궁의 추억으로
성큼 자라난 것들이
후줄근해진 가지 미끄럼 타며
전생애의 짐을 풀어놓는다
제 몸 속에 갇혀 있던 한 점 구름

손에 올려 호— 불면
조용히 끌어안는 공기의 바다
지상에서 천진하게 구르다가
나머지 생애의 근원을 향해 쏘아올려질 때
더불어 갈 어미의
못 다 헤엄치는 기나긴 바다가
짐 꾸러미 속에 들어
있었다

열차 안에서

눈먼 아들이 열차에 올랐다
그는 어머니를 앉히고 식물처럼 기대 섰다
은빛 지팡이 접어 쥐고서……
아무도 거들떠보지 않았다
몸에서 뻗쳐오르는 잎사귀들을
그것을 알고 있는 건 늙은 어머니뿐이었다
열차가 흔들릴 때마다 건듯 나풀거리다 돌아와 박히는
싱그런 산소 방울들을

객차들이 하나 둘씩 잠들고
깔려 있던 뿌리들은 몰래 일어나
외딴집 창문을 기웃거리다 마른 짚더미 속에
고단하게 드러누웠다
아무도 관심 기울이지 않지만
뿌리들이 짚 속에서 삐삐 불 때
방금 사냥 마친 늑대의 피울음 소리가 났다
내리불다가 고해하듯
탁한 내장들을 모조리 토해냈을 때
그것을 밟고 건너는 징검다리들이
철길로 이어졌다

뿌리들은 은빛 달조각으로 거품을 내고
토사물 속에서 몸을 씻어내렸다
향이
새어나왔다

늙은 어머니를 받치는 눈먼 이의 향기가
열차를 메우고 있다
뿌리가 아름다워진 사람들을 실은 열차는
발아하는 것들을 내려놓고
토기 화분처럼 겸손히 이정역에 멈춰서서
한 무더기
새로운 뿌리들을 받아들인다

어느 날 문득

산다는 건 불치 같애
무거운 가지들이 자꾸
검은 기둥처럼 캄캄히 가로막으니
차라리 암세포나 되어 그 기둥에 납작
눈부신 뿌리 내릴까
노랑꽃 위에서
한차례 오수를 즐기고
비 맞아 승천하는 구름기둥에 편승해볼까

닿아야 할 마을은 보이지 않고
불치의 뼈다귀들이
길에 엎드려 편지 쓴다
제 몫으로 남겨질 미완의 편지
연필심에 이슬 묻혀가며, 그래
산다는 건

불치고말고
마을로 이어지는 구름기둥에
한 점 묻은 먼지고말고

뿌리, 자를까 놓아둘까
——근본주의자 김규린의 첫 시집

김 주 연

1

새벽마다 나는
내 뿌리를 처형하였다
뚝뚝 흘리는 상심의 나침반을 저 멀리 돌아나오며
기나긴 환각의 巡禮가
벌어진 환부를
슬프게 감아주었다

김규린의 시는 뿌리 뽑기하는 일 같아 보인다. 무슨 뿌리? 아니 뽑히는 뿌리도 있나? 이런 황당함은 그의 시를 읽는 모든 이들에게 아마도 예외없이 일어날 것이다. 물론 나 역시 예외가 못 된다. 따라서 나의 김규린 시 읽기는 그의 뿌리 찾아 더듬기 이외 별다른 것이 되지 못한다. 대체 그의 시가 그 뿌리 때문에, 그 뽑고 싶어도 잘 뽑히지 않는 뿌리 때문이라는 짐작은 얼추 맞는 이야기가 될까. 「혹독한 연서(戀書)」에서부터 그 단서를 끌어내어 얼러내고 골라내보면 어떨까.

> 새벽마다
> 장례 행렬이 스쳐지나갔다
> 한적한 촌락의 호수처럼
> 웅크려
> 안에서 흐르는 木鍾의 이상한 難破를
> 들었다
> 나는 슬금슬금 뻗쳐오르는
> 가슴께의 땅거미를 찢으며
> 수상한 메아리 끝에
> 위태롭게 매달렸다
> 멎은 기도처럼
> 꽃들이 무더기로 피고
> 난파하는 뿌리들은 들판에
> 무수히 무덤을 쌓았다

두 부분으로 이루어진 시에서 앞의 인용은 전반부에 해당하는데, 이 글의 모두(冒頭) 부분에 미리 뽑아놓은 후반부와 비교해볼 때, 전반부의 양이 훨씬 압도적이다. 뿐만 아니라 그 진술된 내용도 전체 시의 핵심을 거의 구성하고 있다. 이제 이 시를 보다 가늘게 뜯어보자.

이 시에서 시적 화자인 '나'는 위태롭게 매달려 있다.

다른 많은 시들——거의 모든 시들——에 편재해 있는 이 같은 '위태로운 매달림'은 김규린 시의 기본 모티프로 떠올라 있다. 왜 시인은 여기저기서 위태롭게 매달려 있는가. 사실, 매달려 있다고 한다면 그 모습은 미상불 위태롭게 보이게 마련이다. 그런데 시인은 그 모습이 마치 가장 시인다운 어떤 포즈라도 되는 듯 빈번하게 그런 자리에 나와 있다. 작품 「혹독한 연서(戀書)」에서 시인이 매달려 있는 그 자리는 "수상한 메아리 끝"이다. 수상한 메아리라면 그것은 하나의 추상인데 별다른 설명이 동반되지 않으므로 그야말로 수상하기만 하다. 말하자면 시인이 매달려 있는 곳이 분명치 않다. 그 대신 이 시에는 시인의 직접적인 설명 이외의 상황 묘사가 다소 떨어진 곳에서 진행된다. 그것들은 두 가지로 나타난다. 하나는, 새벽마다 장례 행렬이 지나간다는 사실이며 다른 하나는 목종(木鍾)의 이상한 난파가 들린다는 사실이다. 두 가지의 상황 묘사는 우선 그것들이 현실 속의 것이 아님을 보여준다. 실제 현실 속의 장례 행렬이나 종의 파괴가 아니라는 점은, 그것들끼리의 아무런 인과 관계나 연관성이 결여되어 있다는 데에서 쉽게 확인된다. 그렇다기보다는, 그것들은 차라리 내면의 풍경, 즉 시인의 의식이나 심리의 어떤 구석을 훑고 지나가는 내적 상황의 표현인 것이다. 따라서 새벽의 장례 행렬과 목종의 난파는 '나'를 위태롭게 "수상한 메아리 끝"에 매달리게 하는 어떤 상황이다. 그것은 무엇인가. 장례가 있다면 누군가가 죽었을 것이다. 종이 깨졌다면 이 역시 전달과 경고의 기능이 죽었다는 뜻일 것이다. 결국 시인의 내면 속에는 자연스러운 커뮤니케이션이 끊기고 활력을 넣어주는 힘이 소진되고 있는 것이다. 그 결과 시인은 위태로운 매달림의 형태로, 그것도 실체 아닌 메아리에 매달리는 모습으로밖에 존재할 수 없는 일종의 위기와 만난다. 쇠잔과 절망의 현실이다. 문제는 그런데 다음 시행에서 미묘하게 전개된다. 다시 한번 읽어보자, 매달림의 뒷부분.

> 멎은 기도처럼
> 꽃들이 무더기로 피고
> 난파하는 뿌리들은 들판에
> 무수히 무덤을 쌓았다.

왜 뜬금 없이 기도가 멈추어지는가. 기도는 종교 행위다. 그것도 간절한 종교 행위다. 거기에는 기도하는 자의 절박한 간구, 즉 소망이 담겨져 있다. 그러나 그 기도가 지금은 멈추어져 있다. 소망을 포기했거나 기도의 필요성이 약화된 탓이리라. 놀라운 것은 여기서 꽃들이 무더기로 피고 있는 현상이 마치 "멎은 기도처럼" 비유되고 있다는 사실이다. 좀처럼 연결되기 힘든 연상대 위에서 쓰여지고 있는 이 비유는, 사실 시의 비유로서 썩 좋은 비유는 못 된다. 그러나 그 속에는 다소 거칠게 응축되었다 하더라도, 어떤 종류의 상징적 함축이 들어 있는 것은 사실이다. 이때 "멎은 기도"란 오히려 기도가 이루어졌음을 뜻하는 것이 아닐까. 기도의 필요성이 적어져서가 아니라 기도가 성취되어서 기도가 멎었으리라는 해석이다. 그러나 꽃들은 기도의 응답이라도 되듯 곳곳에서 개화한다. 이어서 뿌리들은 모두 죽어 자빠지고 무덤을 쌓는다. 이때 뿌리들은 꽃을 피웠다는 사명의 완수로 그 생명을 다했다고 볼 수 있으나, 다른 한편으론 꽃과 뿌리가 서로 다른 기능——아예 대립적인 기능일지도 모른다——으로 맞서 있다는 해석이 가능할 수도 있다.

자, 이 시를 읽는 독자들에게 이제 위태롭게 어딘가에 매달려 있는 시인은 눈 밖으로 슬그머니 밀려나 있다. 대신 전면에 등장한 것은 꽃과 뿌리이다. 꽃과 뿌리는 일반적으로 한쪽이 결과, 한쪽이 원인으로서 이해된다. 둘은 인과 관계로 묶여 있다. 그러나 꽃을 피웠다고 해서 뿌리가 죽는 것은 아니다. 더구나 이 시에서 꽃은 뿌리와 노동과 고행 끝에 얻어진 어떤 결실로 나타나지 않는다. 요컨대, 꽃은 시적 자아가 아니다. 시적 자아라면, 차라리 거기엔 뿌리가 더 가까이 근접해 있다.

> 새벽마다 나는
> 내 뿌리를 처형하였다
> 뚝뚝 흘리는 상심의 나침반을 저 멀리 돌아나오며
> 기나긴 환각의 巡禮
> 벌어진 환부를
> 슬프게 감아주었다

아, 이제야 알겠구나. 새벽마다 스쳐지나간 장례 행렬의 주인공을. 그 죽음의 임자는 바로 뿌리였던 것이다. 그것도 시인 자신의 의식의 뿌리——게다가 그 뿌리는 시인 스스로의 손에 의해 처형되었다고 하지 않았는가. 잘린 뿌

리, 죽은 뿌리가 결국 이 시의 시적 자아인 셈이다. 시인은
끊임없이 스스로의 의식의 뿌리를 자르고 그것을 우리에게
시의 이름으로 내보여준다. 상처와 불구의 모습일 수밖에
없는 것을 기껏해야 "환각의 순례(巡禮)"가 그 환부를 감
싸주는 그 모습을. 바로 이 모습이 "위태롭게 매달려" 있는
모습이다. 그렇다면 김규린이 죽이고 잘라내는 의식의 뿌
리는 구체적으로 무엇일까. 아니 그는 왜 매일같이 그것을
자르고 있을까. 이 두 가지의 의문을 풀어내는 일이 바로
이 시인을 이해하는 일이다.

☐2 '뿌리'는 김규린 시 도처에 솟아나 있다.

서른이 되니
죽은 절벽에 오르고 싶다.
반짝반짝 윤나게 닦은 처용 가면을
뿌리째 뽑아들고
은침봉 위에서 더덩실 춤 추다가
가면을 뚫고 나온 마마 자국이
휘영청
하두 슬피 밝아서   ──「성대한 이정역」

하늘 쪽에 뿌리 두면 상처들은 우르르
사과알이 된다고 믿는 하늘색 잎들이
붉은 火傷을 닦고 있다   ──「슬픔」

산다는 거 불치 같애

130

무거운 가지들이 자꾸
검은 기둥처럼 캄캄히 가로막으니
차라리 암세포나 되어 그 기둥에 납작
눈부신 **뿌리** 내릴까   ──「어느 날 문득」

사랑의 검버섯은 불치다
불치병을 경험한 자만이
너와 내가 나눈 2인칭의 진물을
이해할 수 있다.
몰래 방류해버린 우리의 뽀얀 물줄기가
세상을 지나
뿌리 아래서 조록 거푸집 짓더니
만장처럼 작별한 것들 향해 잎사귀 쳐든다

                              ──「한때 소나기」

아무도 가지 않는 으슥한 하늘 쪽에 빨대 꽂는
악착스런 줄기들
슬픈 **뿌리**에서 저질러진
衆生이
힘겨운 육신 끌며 끌며
빨대를 기어오르고 있다.   ──「곡예사」

문득 알 수 없는 손이 다가와
내 가슴을 찬찬히 더듬고
뜨거운 피 스며들어 마침내 사지가 고요히 풀려 흐를 때
저만치서 조각상이 꽃씨를 던진다

스멀스멀 자라나는 잔뿌리……
오래 뿌리의 전신에 귀 기울이면 차츰
잘록해지는 허리께에서 실핏줄만한 햇살이
환하게 새어나오고 있다   ──「거듭나기」

그물 속에 허우적거리는 꿈…… 성긴 그물 저편 하늘은 빛나
고 내 가난한 셔츠를 비춰오지만 이 구속으로부터 구원해주진
못한다 다만 늑골 근처 잎이 자라 차례로 온몸 덮어가는 것을
조용히 바라볼 뿐, 그때 처음 깨달은 뿌리의 통증……
   누군가 버리고 간 대지와 누군가 버리고 간 우리들의 하느님
은
   뿌리에 묻은 채 썩고 있다

썩은 뿌리에서 핀 꽃은 위태롭다
날아간 새들은 돌아와 부리를 묻고, 다시는
좀처럼 떠나지 않는다   ──「버려진 우리의 표정」

고개 들어 올려다보면 은밀히 붉어지는 하늘
가슴에 와 세차게 박히는 앵두 알맹이들

뿌리는 술병을 넘쳐 흘러 나를 적신다
그것을 자를 수 없다.   ──「뿌리에 관하여」

다 못한 말씀으로 잔뿌리
어루만지시나
갈림길마다 강심을 뒤지던 내

발바닥에서
상기된 은침들이 자잘히
뻗어나간다   ——「할아버지, 그리운」

나무와 늑대 사이
그대가 있다.
식물의 **뿌리**로 평화롭게 평화롭게
地球에 붙어 자생하지만
간혹 뜨거운 그 발톱에
가슴이 찬란히 뜯겨나간다

——詩   ——「나무와 늑대 사이」

조악한 꽃들에서 **뿌리**가 번지고 있었다
문득 가슴에서
싹이 만져졌다.   ——「네번째 눈물」

네가 건넨 **뿌리**를 허리에 두르니
후끈 메말랐던 수액이 달아오른다.
                              ——「벼랑에 핀 남녀」

너의 **뿌리**가
나의 눈물을 지나
마른 꽃 피울 때
나는 보았다   ——「불켜진 窓」

객차들이 하나 둘씩 잠들고
깔려 있던 **뿌리**들은 몰래 일어나
외딴집 창문을 기웃거리다 마른 짚더미 속에
고단하게 드러누웠다.
아무도 관심 기울이지 않지만
뿌리들이 짚 속에서 삐삐 불 때
방금 사냥 마친 늑대의 피울음 소리가 났다

　　　　　　　　　　　──「열차 안에서」

　　　　　　　　　　　(고딕체 강조는 필자)

거의 모든 시들에 불쑥불쑥 튀어나오고 있는 뿌리. 김규
린 시는 이 뿌리 때문에 괴로워하고 있는 고백 이외에 다
름아닌 것으로 보인다. 그 뿌리는 무엇보다 아무리 없애려
고 해도 없어지지 않는다는 점에서, 그리고 바로 그 뿌리
와 더불어 삶의 여러 국면들이 전개된다는 점에서 근원의
어떤 욕망을 가리키고 있다. 시인은 그 욕망을 껴안고 있
는데, 그 욕망은 작은 기쁨을 주지만 그보다는 오히려 더
큰 고통을 주는 것으로 토로된다. 욕망의 이러한 모습은
그것의 일반적인 기능이기도 하다. 그러나 김규린의 그것
은 가혹하다고 할 정도로 고통스럽게 표현된다. 시인은 끊
임없이 욕망을 제거하려고 하기 때문이다. 그는 그것을 죄
악이라고 생각하기 때문일까. 아니 대체 그는 그 고통스러
운 뿌리 뽑기가 가능하다고 믿는 것일까. 앞의 인용들에서
보여지듯, 시인은 뿌리의 제거가 가능할뿐더러, 반드시 그
것은 뽑혀져야 한다고 믿고 있다. 그런 의미에서 김규린은
삶의 근본주의자라고 할 수 있다. 근본주의fundamentalism

134

──그것은, 뿌리는 심어지거나 뽑혀져야 한다고 굳게 믿는 그런 믿음이다. 흙 위로 맨살이 조금쯤 드러나 흐트러져 있는 뿌리의 조각들은 여기서 인정되지도, 상상되지도 않는다. 이렇듯 양쪽에 기울어진 채, 그 사이의 다른 어떤 섬세한 실존의 부스러기도 허용하지 못하는, 다소 좁다면 좁은 상상력의 넓이로 인해 시인의 고통은 생산되고 증가한다. 그렇기 때문에 김규린의 시적 상상력은 도덕적이며 관습 안에 있다.

모든 뿌리가 이 시인에게 잘려져 죽어가는 것은 아니다. 오히려 '자를 수 없다'고 그 근절과 살해가 단호히 거부되기도 한다. 그러나 그 어떤 경우에 있어서도, 모든 뿌리는 '잘려지거나' '잘려지지 않거나' 둘 중 하나의 모습으로 등장한다. 말하자면 뿌리에 관한 한 시인의 발상은 철저하게 '자르기'를 중심으로 번져간다. 뿌리의 장례 행렬 아닌, 뿌리 해방의 한 예를 추적해보자. 「거듭나기」와 「뿌리에 관하여」에서의 부분 부분을 다시 인용한다.

저만치서 조각상이 꽃씨를 던진다.
스멀스멀 자라나는 잔뿌리⋯⋯
오래 뿌리의 전신에 귀기울이면 차츰 잘록해지는 허리께에서 실틧줄만한 햇살이
환하게 새어나오고 있다.

고개들어 올려다보면 은밀히 붉어지는 하늘
가슴에 와 세차게 박히는 앵두 알맹이들

뿌리는 술병을 넘쳐 흘러 나를 적신다.

　　그것을 자를 수 없다.

　　앞의 인용은 「거듭나기」에서의 뒷부분, 뒤의 것은 「뿌리에 관하여」 중 역시 뒷부분이다. 작품 「거듭나기」에서 뿌리는 스멀스멀 자라가면서 마침내 "실핏줄만한 햇살"을 내놓는다. 그 뿌리는 절묘하게도 '자르기'를 피해 제 모습을 해방시키고 있다. 여기서 흥미로운 것은 실핏줄만한 햇살이 "잘록해지는 허리께"에서 새어나오고 있다는 사실이다. 뿌리의 해방과 성장이 성적 욕망의 해방과 충족이라는 의미와 연결되고 있는 이러한 묘사는, 김규린의 뿌리가 욕망—성적 욕망의 범주에 드리워 있음을 보여준다. 결국 시인은 성적 욕망이라는, 결코 제거하고자 해도 제거할 수 없는 뿌리 때문에 괴로워하고 있는 것인데, 이 괴로움은 그것을 죽여야겠다는 단호한 의지 때문에 더욱 배가되었다는, 그 경로가 밝혀진다. 그러나 그 의지가 의도적이든 아니든 약화되거나 해소되는 곳에서 그 뿌리는 차라리 "꽃씨"와 "햇살"이라는 충족을 만나고, 시인의 고통스러운 시선 밖으로 나갈 수 있게 된다. 뿌리의 이 같은 긍정의 시학이 조용하게 전개되고 있는 작품 「거듭나기」의 앞부분을 모두 연결시켜보자.

　　보일 듯 말 듯한 가슴 아래 손가락을 넣어본다.

　　청동 조각상이 수줍게 고개 든 순간

　　뭉클한, 어디선가 심장이 만져질 듯하다.

시는 이렇게, 아마도 시인의 가슴이 틀림없을 몸의 한 부분을 열어주면서 시작한다. 거기에는 몸 이외의 어떤 관념도 개입하지 않는, 시인 김규린으로서는 드물게도 모든 강박을 벗어버린 공간이 자유롭게 펼쳐진다. 그가 발견한 자신의 몸은 더욱 세밀한 묘사의 진전을 얻어간다.

> 이상하다 조각상의 반질거리는 살갗에
> 눈감아버린 나의 전신이 들여다보인다
> 순례자처럼 망연히
> 나는 조각상 속으로 걸어들어간다.
> 좁고 남루한 갈비뼈 근처
> 따스한 꽃들이 무더기로 피고
> 꽃들이 잔잔히 흔들리면 언뜻 비춰진 내가
> 가늘게 휘청거린다.
> 가만 바라보면, 세심한 혈관이 발 밑을 적시고……

그렇다. 비록 "좁고 남루한 갈비뼈 근처"라고 겸손하게 묘사되고 있으나 이어 거기서 "무슨 꽃들이 무더기로 핀"다고 다시 반전되듯이 몸—젊은 여성의 몸은 그 표현 그대로 충분히 아름답다. 그러나 아름다운 몸에 대한 아름다운 발견, 아름다운 묘사는 다음 순간 문득 끊긴다.

> 불현듯 내 몸을 밀어낸 것은
> 부슬부슬 내려앉기 시작한 어둠이었을까
> 어둠이 내리고 창문을 두드리는 웅성거림이 들리지만
> 손 잡을 수 없다, 나는 닫혀 있다.

몸의 순례는 갑자기 중단된다. 시는 다만 그 이유를 "어둠이었을까"하는 자문의 수준에서 밝히고 있다. 보다 확실하게 주어져 있는 상황은 "나는 닫혀 있다"는, 어떤 선험적인 심리 상태에 대한 보고뿐이다. 앞서 나는 그것을 시인의 도덕적 상상력과 관련지어본 바 있는데, 여기서 시는 다시 반전한다.

　　문득 알 수 없는 손이 다가와
　　내 가슴을 찬찬히 더듬고
　　뜨거운 피 스며들어 마침내 사지가 고요히 풀려 흐를 때
　　저만치서 조각상이 꽃씨를 던진다

닫힌 몸은 알 수 없는 손이 가슴을 더듬고, 뜨거운 피가 스며들자 다시 열리고, "마침내 사지가 고요히 풀려 흐른"다. 알 수 없는 손으로 나타나기 때문에 몸을 열어준 힘을 설득력 있게 밝혀내기는 힘들다. 그러나 "문득 알 수 없는 손"이 다가왔다는 진술은, 그 문장이 수동태로 바뀌어진다면, 결국 시인 자신의 내면적 움직임에 의해 몸이 풀리고 있다는 사실로 설명된다. 이렇게 해명된 이 시의 구조는, 결국 욕망에 대한 시인 의식이 이중적임을 보여준다. 욕망을 풀어보고 싶다는 잠재 의식과 그것을 억압하겠다는 명징한 의식과의 싸움. 그의 시는 그 싸움이 빚어내는 전리품이다. 이 싸움이 평화를 가져올 때, 전리품은 더욱 찬란하게 빛난다. 시「뿌리에 관하여」는 그 평화의 모습을 아주 평화스럽게 전하고 있다. 고통스러운 싸움 끝에 얻어진 성

숙이 가져다준 평화. 앵두가 녹아 앵두술이 되기까지의 과정과 그 완숙의 모습이 예민한 관찰에 의해 아름다운 묘사를 얻고 있는 이 시의 백미는, "뿌리는 술병을 넘쳐 흘러 나를 적신다"는 시구를 통해 완성된다. "앵두 알맹이들이 서로의 몸을 비비며 술렁거리다"가 이윽고 만나게 된 "은밀히 붉어지는 하늘"! 그 성숙의 시간 속에서 시인은 뿌리가 뽑혀져야 할 죄스러운 욕망 아닌, 뻗어나가는 생명의 힘이라는 사실을 깨닫는다. 이 깨달음 때문에 시인은 평화 속으로 들어갈 수 있다.

김규린의 시가 그러나 아직 성숙과 평화를 행복하게 누리고 있는 것만은 아니다. 무엇보다 두 욕망 사이의 갈등이 여전히 거칠게 진행되고 있기 때문이다. 이 갈등은 아마도 계속될 것이며, 또 쉽게 해소되어서도 안 될 것이다. 갈등 없이 싸움은 없으며, 싸움 없이 평화와 성숙도 없기 때문이다. 우리에게 중요하게 다가오는 것은 문득 획득된 성숙의 열매 아닌, 성숙으로 가기까지의 치열한 성장의 기록이다. 그 기록이 바로 시다. 「터부의 여자」에 그려지고 있는 그 아름다운 기록과 더불어 시인 김규린의 싸움이 더 큰 싸움이 되어 세상의 모든 것을 감싸안는 깊은 성숙으로 나아가기를 기대한다.

불길이 내 치마를 대신 태우는 동안
뿌리 닮은 가지들은 일 센티씩 더 자란다
까맣게 타버린 매캐한 치마 속에서
먹음직스런 세상의 肉味가 느릿느릿 새어나온다

하늘을 받치는 뿌리에게서 벌어진
裸木 하나의 죽음 위로
망령되게 늘어난 부레들이 날아오른다
———「터부의 여자」 한 부분 ▨